Ellinor Wikman

Sommaren med farfar

PROLOG
År 2059

Sekundvisaren glider fram, ritar cirkel efter cirkel, inte alls som farfars klocka för femtionio år sedan. Den tickade fram, som om den gjorde små glädjehopp. Det känns som tiden går snabbare här i sjöstugan. Jag har checkat in för att skriva klart min bok. Varför går tiden så snabbt?

Min blick fastnar om och om igen på den glidande sekundvisaren, men då och då blickar jag ut över vattnet. Jag bad om att få hyra sjöstugan för att kunna skriva och se ut över sjön.

Jag växte upp ett stenkast härifrån. Mamma, pappa, jag och min storasyster Sofia bodde i ett hus i Håverud. Farfar Frans och farmor Edit bodde i grannbyn Skållerud. Visst var det lite frostigt mellan pappa och farfar ibland, men jag minns ändå min barndom med glädje. Varma somrar, jordgubbar, glass, fotbollsmatch på gräsmattan och ett dopp i sjön varje kväll.

Alla barn borde få leva så, växa upp med trygga föräldrar och le när de minns tillbaka. Sekundvisaren glider fram. Jag känner mig stressad. Om tiden är knapp, så måste jag skriva klart nu. Jag har inte tid att sitta här och tänka på att tiden springer ifrån mig.

Kapitel 1
År 2020

Kokkaffe, en påse kanelbullar och tidningen, så hade Frans morgon börjat sedan Edit dog. Han skrockade lite när han insåg att det sällan fanns bullar till de andra i byn. Hyllan på Coop i Åsensbruk gapade ständigt tom när Frans varit där och handlat. Han önskade att han inte behövde frysa ner köpebullar. Många år hade passerat sedan han ätit Edits kanelbullar, men han mindes doften och smaken som om det vore igår.

Han tittade ut genom köksfönstret och det dåliga samvetet smög sig på honom likt en skugga på väggen, som bara växte och växte. Han borde klippa gräset eller anlita grannens son för att göra det. Det stannade alltid vid tanken. Han kom inte till handling, som med allt annat. Han satt bara där i huset och blev äldre och äldre. Han försökte intala sig att det var vackert med ängsmark och vildvuxen gräsmatta, men lyckades inte riktigt.

När kaffet var slut snurrade han ihop bullpåsen och la den på diskbänken. Sedan satte han sig vid köksbordet igen och slog på radion. Radiorösten var välbekant, som en gammal vän. Melodikrysset skulle snart presenteras och Frans letade fram det tomma korsordet i tidningen. Musik var ett av hans stora intressen. Musik från förr. Han brukade klara Melodikrysset utan att fuska. Han visste inte hur internet fungerade, men förstod att det gick att hitta det mesta på något som hette Google och att många hade det i sin mobiltelefon. I Frans hus fanns bara en fast telefon, mobiltelefon kom inte in i hans hem.

När krysset hade fyllts med bokstäver och radiorösten önskade en fin dag gav sig Frans ut på sin dagliga promenad. Han hoppades få se ett rådjur på ängen eller en ekorre i trädet.

Mötte han en granne drog han ner kepsen för att gömma sig och mumlade ett hej. Han förstod ju att han inte kunde gömma sig bakom en keps. Han var en lång och reslig man som syntes. Som ung hördes han också, men numera syntes han bara, även om han önskade att han var osynlig.

Hemma på grusgången undvek han att betrakta det långa gräset, istället beundrade han den vackra verandan med spröjsade fönster och en fantastisk målning som pricken över i:et.

Promenaden var avklarad och Frans satte nyckeln i dörren. Ringde det på hemtelefonen? Han snubblade över gummistövlarna i farstun och när han kom fram till telefonen, så flåsade han fram ett hallå.

Kapitel 2

Under vårterminen, med början i januari, fick jag prova på att arbeta som elevassistent. Jag hade ingen tidigare erfarenhet av att arbeta i skolans värld. Efter att ha provat att arbeta i flera butiker i Mellerud och i Göteborg, kändes det som om jag funnit ett arbeta som passade mig. Rektorn gav mig i uppdrag att följa en elev i årskurs fyra. Han var intensiv och väldigt snabb. Det var svårt för honom att sitta stilla och han hittade ofta på saker som störde hans klasskamrater. Jag försökte ständigt ligga steget före. Det var verkligen en utmaning. Jag pratade med hans föräldrar varje dag. Hans pappa berättade att för första gången sedan han börjat skolan tyckte han om att gå dit. Han sa att det berodde mycket på mig. Det var svårt att förstå att jag bara genom att vara mig själv kunde få en elev att tycka om skolan.

I juni, dagen efter skolavslutningen, bad rektorn mig att komma in på hennes kontor. Hon berättade att hon var väldigt nöjd med mitt sätt att arbeta. Jag tackade och tänkte att hon skulle ge mig en present, eftersom jag sett att mina kollegor fått ett litet paket. Istället frågade hon om jag ville utbilda mig till elevassistent.

"Jag har hittat en onlineutbildning. Det var en rektorskollega som rekommenderade den. Det är en tio veckors utbildning och du skulle kunna studera under sommaren. Jag tror att det är möjligt för Arbetsförmedlingen att betala den. Vad tror du om det?"

Jag behövde ingen betänketid. Terminen i skolan hade varit lärorik, men det fanns fortfarande mycket kvar att lära och jag såg fram emot att fortsätta arbeta som elevassistent.

"Ring min kontaktperson på Arbetsförmedlingen och så snart du får klartecken att de betalar utbildningen, så anmäler du dig till kursen." Jag tog emot visitkortet som hon gav mig och reste mig för att gå.

"Än så länge vet jag inte om din elev får tilläggsbelopp, så jag kan inte lova att du får fortsätta ditt arbeta här när han börjar årskurs fem. Jag hör av mig så snart jag vet mer." Jag tackade och önskade trevlig sommar innan jag lämnade hennes kontor.

Rektorn visste inte att jag stod i kö för att operera bort en cysta stor som en apelsin. Vid varje menstruation hade jag kraftiga magsmärtor och däremellan hade jag ont både i ryggen, magen och smärtor ut i benen. Det är svårt att mäta smärta. Hade jag mer ont vid mens än andra kvinnor? Kanske berodde smärtorna på cystan. Läkaren som undersökt mig sa att nerverna kunde påverkas av cystan i buken och att det säkert var därför jag upplevde smärtor i benen.

Förslaget om utbildningen var bästa sommarpresenten. Jag behövde något annat att fokusera på. Något som fick mig att glömma oron inför operationen och smärtorna för en stund.

När jag kom tillbaka till arbetsrummet stod det en chokladkartong och en blomsterbukett från klassen. Tidigare under dagen hade jag fått en mugg från mamman till eleven som jag varit elevassistent för under terminen. Ögonen tårades. Jag skulle sakna dem alla.

Arbetsförmedlingen svarade snabbt och rektorn hade rätt. De hade möjlighet att betala utbildning bara jag skrev in mig som arbetslös.

När jag kom hem på eftermiddagen var Samuel på fotbollsträning. Jag anmälde mig till utbildningen och fick tillgång till kursportalen efter bara några minuter. Materialet var intressant och innan Samuel kom hem hade jag hunnit se alla filmer för första modulen av tio. Det var dags att ta reda på vad första inlämningsuppgiften skulle innebära för mig.

Första delen av utbildningen handlade om svensk skolas historia med fokus på specialpedagogik. Kursledaren ville att jag skulle intervjua en person som gick i skolan på fyrtio- eller femtiotalet. Jag tänkte på farfar och bestämde mig för att ringa honom.

Han lät som han sprungit när han äntligen svarade i telefon.

"Hej farfar. Det är Linnea. Hur är det?"

"Jo, det är bra."

Han var andfådd och rösten lät förvånad. När ringde jag honom senast?

"Jag har börjat på en utbildning och första uppgiften handlar om att intervjua en person som gick i skolan på femtiotalet. Får jag intervjua dig?"

"Jag får nog fundera lite", sa han.

"Kanske kan jag bo hos dig en vecka, om du vill. Det vore kul att ses."

"Jag ringer imorgon", svarade han.

Sedan var det tyst i telefonen. Hade han lagt på?

Jag fortsatte att arbeta med första lektionen och när jag läste igenom inlämningsuppgiften för tredje gången, så ringde mobilen. Jag hoppades att det var farfar som ringde och sa att jag var välkommen till Skållerud. Men det var Sahlgrenska som meddelade att de fått återbud och kunde ta in mig på operation om bara några dagar. Jag hade väntat länge på att opereras, så jag tackade ja, men blev samtidigt otroligt nervös. Jag hann gå många varv i lägenheten i Majorna innan Samuel kom hem.

Kapitel 3

Frans hade fortfarande på sig sina träskor. Han satte sig på en av köksstolarna. Det var inte ofta barnen eller barnbarnen ringde till honom och än mer sällan som de kom och hälsade på. Det var många år sedan någon bodde tillsammans med Frans i huset. Han hade varit ensam sedan Edit dog år 2002. *Var det inte bäst att fortsätta ha det så?* Han gick till hallen för att ta av sig skorna, men blev som så många gånger förut ståendes framför ett fotografi av Edit. Det stod på byrån i hallen, så att han kunde säga hejdå, när han gick på promenaden och hej när han kom hem igen. Hennes röda vackra hår böljade längs kinderna och axlarna. Hennes blå ögon utstrålade liv och värme. Hon log mot honom varje dag.

För första gången på mycket länge hade han inte haft tid att säga hej, när han kom innanför dörren.

"Intervju hade hon sagt, berätta om skolan. Han mindes väl ingenting från skoltiden? Fanns det ingen annan hon kunde intervjua?"

Frans insåg att han talade högt till Edits fotografi.

Jag ringer tillbaka imorgon, hade han sagt. Kanske glömde han att säga hejdå? Om det var något som han lärt sig i livet så var det att inte svara för snabbt, utan be om betänketid. Han hade allt för många gånger låtit impulsen styra och tackat nej till mycket.

En vecka var lång tid. Tänk om de skulle bli ovänner. Nej, var det inte bäst att tacka nej? Han bestämde sig för att gå ett varv runt huset för att fundera vidare. Det blev många varv och snart har han trampat upp en stig i den vildvuxna gräsmattan.

Vad skulle Edit ha gett mig för råd om hon varit här? muttrade han för dig själv.

Han stannade mitt i ett steg och sken upp när han insåg vad hon skulle sagt:

"Frans, tänk om du bara hade en månad kvar att leva. Vore det inte trevligt att ha sällskap av ditt barnbarn sista tiden i livet?"

Kapitel 4

Första gången jag såg Samuel var hans hår solblekt och vått. Han drog handen genom håret och några droppar vatten föll ner på hans bruna axlar. Luften blandades med dofter av tallbarr och hav. Jag hade solat på klipporna hela dagen och fått många timmar i en annan värld, lyckats välja en bok från hyllan i bokhandeln som jag inte ville lägga ifrån mig. Fått möjlighet att läsa den från början till slut, utan att solen gick i moln. Samuel hade svart linne på sig och blå badbyxor, nästan ner till knäna, våta av sista doppet. Solen fick saltvattnet att glittrade på hans armar.

Min väska med badkläderna och boken halkade av min axel och axelbandet på mitt vita linne följde med. Jag hade solat endast i bikini hela dagen, ändå kände jag mig naken när axeln blottades. Mitt mörka långa hår var fortfarande vått och jag samlade ihop det och la det på min nakna axel.

Våra cyklar stod intill varandra och vi skulle cykla från Saltholmen in till stan. Jag var nyinflyttad. Göteborg var stort och alla människor så anonyma.

"Ska vi ta följe?" frågade han.

Jag kunde inte sluta titta på hans muskulösa vader.

"Tränar du?" sa jag.

Jag insåg att jag inte hade svarat på hans fråga.

"Gärna", sa jag och kände rodnaden stiga upp i ansiktet.

Han måste tro att jag inte sett en snygg kille på många år. På ett sätt hade han rätt. Jag hade inte känt så starkt för en kille vid första ögonkastet på mycket länge.

Han började trampa skogsstigen fram och jag cyklade upp intill honom.

"Jag spelar fotboll. Det är mitt liv. Jag vill göra karriär som fotbollsspelare."

Han vände sitt ansikte mot mig. Det leendet glömmer jag aldrig.

Jag visste att fotbollen alltid skulle komma först från den stunden, ändå valde jag Samuel och ett liv med honom.

Kapitel 5

I narkosdimman hörde jag ett barn ropa efter sin mamma. Ropade barnet på mig? Andra röster distraherade mig. Jag ville be dem att tala tystare. Tänk om det var mitt barn. När jag öppnade ögonen var allting vitt. Allt utom himlen utanför fönstret. Den var blå. Jag var vaken igen. Jag hade vaknat.

Jag kände ingen oro över att läkaren skulle misslyckas med operationen. Oroade mig inte ens för smärtan som skulle ge sig till känna när morfinet ebbade ut. Innan jag rullades in för operation hade jag ändå gråtit på Samuels axel. Jag var så rädd att jag aldrig mer skulle vakna. Att sövas var skräckinjagande.

Samuel sa gång på gång:

"Du kommer vakna! Älskling, var inte orolig."

Jag ville inte förlora honom, ville inte förlora allt.

Jag hade inte förlorat allt. Jag levde.

En sjuksköterska drog undan det vita skynket som fanns mellan mig och andra patienter. Hon frågade hur jag mådde och berättade att operationen gått fint.

"Läkaren kommer om en stund. Då får du veta mer."

Jag somnade och vaknade igen när den kvinnliga läkaren satte sig på en stol intill sängen.

"Du har endometrios", sa hon.

Kapitel 6

"Gumman, hur mår du? Hur gick operationen?"

Jag pratade i telefon med min bästa vän Fanny. I bakgrunden hörde jag min guddotter Livia, en underbart söt, linblond liten tjej. "Jag har endometrios", sa jag.

"Du skojar? Det får inte vara sant Linnea. Åh, nej. Hur mår du?"

"Jag är tjugonio. Samuel är tjugofyra. Vi ska inte ha barn än, men jag oroar mig. Sjukdomen kan göra det svårare att få barn."

Min röst viskade mot slutet av meningen och det var som om orden tog slut. För första gången kom tårarna. Jag delade rum med två andra kvinnor, men det fanns vita skynken mellan oss, så de kunde höra mig snyfta men inte se mina tårar.

"Gumman, det kommer ordna sig. Jag har läst att tjejer med endometrios blivit gravida på första försöket. Oroa dig inte. Gick operationen bra?!"

Jag torkade tårarna med den ljusblå sjukhusskjortans ärm, andades djupt och svalde hårt. Blundade en stund.

"Allt är borta. Allt gick bra. Den stora cystan hade förstört min vänstra äggledare, men äggstocken fungerar fortfarande. Jag orkar inte googla om sjukdomen. Vad är det här för fruktansvärd sjukdom? Fanny kan inte du ta reda på lite mer. Jag orkar inte just nu."

Jag kände mig trött, men ville ringa mamma och Samuel för att berätta att jag var vaken.

"Samuel, jag har en sjukdom som heter endometrios. De säger att det kan vara svårt att bli gravid, men Fanny tror inte att det kommer bli några problem. Vill du fortfarande satsa på mig?"

Tårarna började rinna igen.

"Älskling! Det spelar ingen roll om vi blir föräldrar eller inte. Huvudsaken är att jag får vara med dig. Oroa dig inte. Allt kommer ordna sig."

Jag somnade efter samtalet och drömde om barnet igen, barnet som ropade efter sin mamma. Jag letade efter barnet i en skogsdunge. När jag passerade de sista träden och kom jag ut i en park, där såg jag det lilla barnet springa mot sin mammas öppna famn. Jag vaknade av att tårarna rann och jag kände hur livmodern knöt sig. Operationsärret stramade. Jag var snittad från naveln och neråt, ett kejsarsnitt utan barn. Innan jag somnade igen tryckte jag på larmknappen över sängen för att be om mer morfin.

Kapitel 7

Sista gången jag såg farmor var genom regnvåta fönsterrutor. Regndropparna rann nerför bilrutan likt tårar och jag började också gråta. Det var så sorgligt att resa hem, trots att vi bodde bara några kilometer från farmor och farfar. Kanske visste min själ att farmor inte skulle finnas där när vi kom och hälsade på dem nästa gång. Nätterna i sjukhusets vita rum gav mig mörka drömmar. När morfinet påverkade mig som mest befann jag mig i ett hav av svarta korpar. De satte sina svarta näbbar och klor i min redan blodiga kropp. Det var som om endometrioshärdarna var på utsidan buken och snabbt spred sig till varje hudcell, varje millimeter av min kropp.

Jag väcktes ur mörkret av en mobilsignal. Det tog flera minuter innan jag insåg att det var min mobil som ringde. Det var farfar, som meddelade att han ordnat så att jag kunde sova i gästrummet.

Bilen grät och jag grät, ville jag säga, men han visste inte att jag låg på sjukhus och var nyopererad. Han hade ingen aning om att min kropp var full av smärtstillande. Det fick vänta till senare. Jag ville inte skrämma honom när han tagit mod till sig och bjudit dit mig. Jag saknade farmor så fruktansvärt mycket och ville prata med honom om henne. Låta henne få liv via våra samtal.

Sexton mil bort, så nära men ändå så fjärran, kunde jag för min inre syn, se hur farfar stod och betraktade farmors fotografi innan han gick på sin dagliga promenad till Eriks gård och hem igen. Om några dagar skulle jag vara där hos honom.

I sjukhussängen fruktade jag för mitt eget liv, trots att jag visste att operationen var lyckosam och att endometrios inte var en dödlig sjukdom. Fanny hade skickat flera meddelande med fakta om sjukdomen. Längst ner i varje meddelande skrev hon: *Flera kvinnor med endometrios har blivit gravida på första försöket.* Just då hjälpte det inte.

Kapitel 8

Jag tog spårvagnen från Majorna till Hisingen. Varje steg från hållplatsen vid Vågmästareplatsen till Fannys radhus var smärtsamt.

Efter operationen hade Samuel varit på bortamatch och övernattat på hotell med laget, eftersom det var allt för långt att resa tur och retur på en och samma dag.

Under de två år vi hade varit tillsammans var det sällan jag ifrågasatte hans engagemang inom fotbollen, men efter operationen kunde jag inte sluta tänka på att han valde bort mig gång på gång. Jag visste att han älskade mig och jag älskade honom, men jag behövde honom mer än någonsin och han hade inte tid.

"Hej gumman! Så kul att se dig. Hur mår du?"

Fanny grillade hamburgare på altanen och Livia satt i den lilla sandlådan och grävde med en spade.

"Jag ska vara ärlig. Det gör så ont att jag inte vet var jag ska ta vägen. Jag går myrsteg och kan bara gå några hundra meter. Varje steg känns som om det brinner vid blygdbenet på höger sida."

Jag pekade på nedre delen av min mage och grimaserade.

"Nea", ropade Livia.

Hon hade fått syn på mig och krånglade sig ur sanden för att möta mig. Det var plågsamt att sätta sig på huk, men jag ville krama henne.

"Hej Livia. Vilken stor tjej du blivit."

Hon log och tog min hand för att leda mig till sandlådan.

Under tiden som vi lekte dukade Fanny bordet på altanen och ropade på oss när maten var klar.

"Ska du resa bort?"

"Ja, den här operationen var tuffare än jag trodde. Jag har nog en tidig trettioårskris. Fanny, jag vet inte om jag orkar vara fotbollsänka hela livet. Jag och Samuel har varit tillsammans i två år nu och bott tillsammans i snart ett år. För honom är fotbollen nummer ett. Jag kommer alltid vara på andra plats."

Jag kisade mot henne i eftermiddagssolen.

"Samuel kan inte spela fotboll för evigt. Han är säkert klar om tio år. Oroa dig inte."

Hon kanske hade rätt. Jag var tveksam.

När jag kom hem den kvällen hade Samuel köpt vitt vin och räkor. Det var kvällen innan jag skulle resa till farfar i Dalsland.

Vi började prata om endometrios igen. Fanny hade mer att berätta under lunchen och jag hade googlat lite själv för att lära mig mer om sjukdomen.

"Linnea, jag vill inte att du tvivlar på oss. Snälla! Jag vill ha dig! Om du inte kan bli gravid, så spelar det ingen roll för mig."

Jag hörde vad han sa och såg i hans grönblå ögon att han menade vartenda ord. Jag ville fråga honom om han trodde att jag skulle orka komma i andra hand i tio år.

Det kändes inte rätt att berätta om mina tvivel kring hans framtida fotbollskarriär. Vi skulle ha en mysig kväll.

"Hur mår du?" frågade han.

Vi satt i soffan framför teven och åt chokladpudding till efterrätt.

"Du vet ju att jag älskar träden, gräset, blommorna och fåglarna. Jag kan inte se dem längre. Det är som om alla sinnen är nedsatta för att kroppen ska kunna läka och klara smärtan."

"Du får börja njuta av ett grässtrå i taget", sa han.

Min Samuel.

"Hur mår du?" frågade jag.

"Jag är nervös. Det kommer talangscouter både på matcher och träningar framöver. Jag vet aldrig när de kommer eller vilka de är, så jag måste alltid prestera på topp."

"Älskling! Du vet att du är bäst. Du behöver inte oroa dig. Din lägsta nivå är hög och du presterar bra även om du har en mindre bra dag på planen."

Han kramade mig och jag drog in hans doft. Pussade hans hals. Vi kysstes och det kändes som första kyssen efter cykelturen för flera år sedan. Hans läppar var de samma. De tindrande ögonen och det varma leendet. Varför skulle fotbollen komma emellan oss? Jag ville inte tvivla på vår relation. Jag ville resa till farfar och känna mig nöjd med mitt liv.

Kapitel 9

Det var en regnig sommardag när Linnea anlände till torpet. Frans ville att det skulle vara fint när hon kom, men att ta traktor och slåttermaskin när det regnar skulle förstöra hela gräsmattan, så gräset förblev långt.

Han hörde bilbäck knastrade mot grusvägen och gick till dörren för att möta sitt barnbarn. *Tänk att lillflickan har bil och körkort.* Han måste verkligen vara gammal, tänkte han medan han stoppade fötterna i träskorna.

Linnea parkerade en röd Volvo V70 utanför Frans hus. *En alldeles för stor bil för en så liten flicka,* tänkte han.

Men när Linnea kom ut ur bilen insåg han att hon snart var trettio år. Du milde himmel! Det svartnade för ögonen på Frans. Hon var så lik Edit att han måste ta ett fast grepp om farsturäcket för att återfå balansen. Det enda som skilde dem åt var hårfärgen, annars var de som kopior av varandra.

"Farfar", ropade hon.

Snart var hon där och kramade om honom. Hon doftade sommaräng och Frans mindes tillbaka.

Han mindes tiden då han var nyförälskad i Edit och försökte glömma sin olyckliga kärlek. Det var nog ingen som trodde att Frans kunde vara trogen Edit. Han var en stilig ung man och hade rykte om sig att vara en kvinnotjusare. Han hade just fått sitt hjärta krossat och förstod att Edit skulle göra honom lycklig. Han hade gjort många tvivelaktiga val i sitt liv, men det beslutet var ett av de bästa. När Edit stod och bakade bullar vid köksspisen i föräldrahemmet, i huset där han fortfarande bodde, så trodde Frans att han var i himlen. Det brustna hjärtat var nästan helt.

"Farfar", sa Linnea.

Hon hade med sig en stor resväska, som hon lyckats släpa upp för farstutrappan utan att han varken sett eller hört det. Frans öppnade ytterdörren och hjälpte henne över tröskeln med den tunga väskan.

"Har du packat hela bohaget?" frågade han.

Han skrockade och gick före henne till gästrummet. När han vände sig om såg han hur Linnea stannade vid sin farmors fotografi en kort stund.

Kapitel 10

Jag vaknade mitt i natten av att det smärtade i ärret på magen. Farfar snarkade och jag insåg att jag inte var hemma i lägenheten i Majorna. Jag fumlade i mörkret efter värktabletter. Saknaden efter Samuel gjorde sig påmind och sorgen över att kanske inte vilja leva mitt liv med en fotbollstokig och vacker man grep tag om mig på nytt. Jag var trött på att grubbla och längtade efter att arbeta vidare med elevassistentutbildningen. Min plan var att spela in intervjun med farfar, så att jag sedan kunde renskriva den på datorn senare under dagen. Vara närvarande i stunden istället för att anteckna allt i mitt block.

Efter att tabletterna fick smärttopparna att minska kunde jag till somna om

Några timmar senare hade solen precis gått upp och den vildvuxna gräsmattan var daggvåt. Jag satte mig på trappan och tittade ut över omgivningen, skymtade Skålleruds kyrka en bit bort. Både jag och Sofia hade döpts i den röda vackra träkyrkan.

Plötsligt kom en hund springande längs grusgången. Han nosade på min framsträckta hand och hand nos var fuktiga och sval.

"Grannens hund", sa farfar.

Jag vände mig om och såg hur farfars öron stod ut lite under kepsen. Hade de inte växt sedan sist jag såg honom? Hans skägg hade blivit glesare och gråare, men han var lång och smal som vanligt och ögonen var lika blå.

"Vi får ringa din granne", sa jag.

Jag klappade hundens huvud och reste mig sedan för att gå till telefonen.

"Jag brukar låta honom springa som han vill", medgav farfar.

"Vem ska vi ringa?" undrade jag.

"Det är Eriks hund."

Farfar slog telefonnumret, som han tydligen kunde utantill. Efter några signaler svarade Erik och några minuter senare stod han utanför huset. Till skillnad mot farfar var han mer korpulent och hans skäggväxt var vit och tät, likaså hans buskiga ögonbryn.

"Ove, din buse. Har du nu sprungit över till Frans igen", sa Erik.

När vi hälsade hoppade hunden runt honom.

"Det var länge sedan Linnea. Bor du i Göteborg?"

Jag nickade och frågade honom hur det var med hans fru Ruth. Han berättade att hon trivdes med att ha mer tid till hus och hem nu när de sålt av de flesta korna. De var äntligen pensionerade efter många år som mjölkbönder.

"Ni får komma över på kaffe någon dag", sa han.

Vi vinkade hejdå.

Det var dags att äta frukost. Första frukosten med farfar. Jag hämtade block, penna och mobiltelefon från gästrummet. Jag hade redan förberett mig väl och skrivit upp frågorna i blocket.

Köksklockans sekundvisare tickade. Det var som om den gjorde ett glädjeskutt varje sekund. Farfar åt långsamt och jag väntade tålmodigt. När han drack sista klunken kaffe ställde jag första frågan.

"Hade du lätt för dig i skolan eller var det svårt för dig att lära dig nya saker?"

Han tittade på mig som om jag frågat om han varit på Mars. Han reste sig och gick ut ur köket utan att hjälpa till att duka av bordet.

28

Kapitel 11

Frans ville be Linnea att resa hem till Göteborg igen. Det blev för mycket för honom. Hur hade hon lyckats få honom att ringa till grannen? När hon ställde frågan om skolan var det som om någon sparkat honom i magen. Trots att de var så få barn, så kunde inte läraren lära honom att läsa. Det tog många år innan de dansande bokstäverna sansade sig så pass att han kunde tyda ord och meningar. Han läste långsamt och högläsning i klassen var en av många skräckupplevelser. Nej, han ville inte minnas mer.

Han stannade till vid Edits fotografi och sa:

"Varför ska vi rota i det förflutna. Det tjänar väl ingenting till?"

Dagarna gick och Linnea ställde inga fler frågor. Frans ville inte längre att hon skulle resa hem. Det var trivsamt att ha någon att äta frukost tillsammans med. Grannens hund kom på besök då och då. Varje gång det hände såg Frans på Linneas blick att hon ville att han skulle gå och ringa Erik. Hon såg så där bestämd ut, precis som Edit, när hon tyckte att Frans skulle ta tag i saker på gården eller ringa sonen Anders.

Han hade levt ensam i så många år. Det var svårt att börja prata. Det var till och med svårt att prata om väder och vind.

Kapitel 12

Jag ville komma vidare i min utbildning, men insåg att jag nog skulle resa ifrån farfar utan ett enda ord om hans skolgång. Samtidigt så ville jag inte resa hem. Jag visste fortfarande inte vad jag ville, om jag ville leva tillsammans med Samuel. Han visste ingenting om mina tvivel. Jag pratade ofta med mamma och pappa i telefon, men de visste heller ingenting. Den enda som visste var min bästa vän Fanny.

Jag och farfar hade fortfarande inte pratat om varför han bara reste sig och gick ifrån köket den där första morgonen. Det var som om vi väntade ut varandra.

När tankarna blev för tärande, så gav jag mig ut på en cykeltur med farfars skrangliga röda cykel eller på en långpromenad i skogen.

Det gjorde fortfarande ont att promenera, men stegen var inte lika långsamma och korta. Jag började kunna ta in naturen igen.

Vid en av alla skogspromenader kom ett underbart meddelande på mobilen med ett foto på Livia. Hon hade mat över hela ansiktet, ja, till och med i håret. Jag saknade dem och ringde Fanny.

"Jag är tjugonio år Fanny. Vad ska jag göra? Ska jag ge upp? Börja leta efter en kille som inte vill göra fotbollskarriär? Jag blir tokig."

"Vem vet kanske har Samuel mer tid för dig när han blivit proffs. Det kanske är just nu som fotbollen tar som mest tid eftersom han gör allt för att få ett kontrakt."

Jag hoppades att hon hade rätt.

"Vad säger hjärtat gumman?"

"Det finns bara Samuel, men hjärnan säger SPRIIIING."

Fanny skrattade.

"Du, nu börjar hon kasta katrinplommon på golvet också. Jag måste sluta. Dags att städa. Tänk inte så mycket gumman. Det kommer ordna sig."

Frukost, lunch och middag med farfar, alla måltider åt tillsammans så förblev vi tysta. Jag som hade så lätt för att tala om mina känslor, blev mer och mer lik farfar i hans sällskap.

För att få tiden att gå åkte jag till Håverud och besökte Bokdagarna. I folkvimlet såg jag min ungdomskärlek Max. Han var sig lik, men jag tror inte att han kände igen mig. Jag undrade om han fortfarande spelade fotboll. Det var en annan sak att spela fotboll i Melleruds IF. Samuels bortamatcher kunde innebära att han var borta stora delar av en helg.

Jag hittade en bok skriven av en av mina klasskamrater från skoltiden. Såg hur Max pussade en ung tjej som köpt en hel kasse med böcker.

När jag åkte vidare till butiken Bloms strax utanför Mellerud mötte jag Marika i kassan. Vi bodde grannar i Håverud. Hon arbetade numera på Bloms och berättade att hon var tvåbarnsmamma.

"Har du flyttat hem igen?" frågade hon.

"Nej, jag är och hälsar på farfar i Skållerud i några dagar", svarade jag.

Vad ville jag? Flytta hem igen? Nej, det kändes inte rätt.

Kapitel 13

"Kommer du farfar?"

Frans och Linnea förberedde sig för elvakaffe hos grannen Erik och hans fru Ruth. Frans tog fram den lilla kammen från bakfickan från byxorna. Han använde den sällan numera. Den fanns där av gammal vana. Det var inte längre många hårstrån att kamma och han hade alltid kepsen på sig.

Det blev en trevlig fikastund och Frans vågade sig på att ta två omgångar av Ruths kanelbullar. Erik var pratsam som alltid och visade den nyinköpta traktorn i en broschyr. När det kom bullsmulor på den, så kastade han ner dem på golvet och hunden Ove var snabbt framme och åt upp dem.

När de skulle gå gav Ruth Linnea en påse med bullar.

"Här har ni en påse att ta med hem."

Erik följde dem en bit på vägen för att gå en promenad med hunden.

"Vad är det som fört dig till Skållerud, Linnea? Ja, förutom att du vill träffa Frans förstås."

"Jag har börjat en utbildning och skulle vilja intervjua farfar om hans skolgång. Sedan är jag lite tveksam på min relation. Jag lever med en fotbollskille. Han vill bli fotbollsproffs. Jag är även nyopererad och går väl igenom någon slags kris efter operationen."

Frans stannade till, men fortsatte lyssna. Han skämdes över att han inte ens frågat sitt barnbarn hur hon mådde. Dagarna hade bara gått och han mindes inte hur man umgicks längre.

När de kom hem igen så ville Linnea gå och vila.

"Jag har lite ont efter operationen", sa hon.

Frans nickade. Han visste inte vad han skulle säga. Var hon sjuk?

Han tittade desperat på Edits fotografi. *Vad ska jag göra?*

Börjar jag berätta kommer Linnea att få veta allt, allt som jag skulle ta med mig i graven, tänkte han. Det var som om han såg Edits läppar röra sig och som om hon viskade:

Berätta!

Men hur skulle han börja?

Kapitel 14

Jag stannade på rummet resten av dagen. Sökte tröst genom att ringa till mina föräldrar, som flyttat till Strömstad några år efter att jag flyttade till Göteborg och Sofia till Stockholm. De hade bytt sjö mot hav.

"Jag har inte fått farfar att säga ett pip. Så himla tråkigt."

"Du vet vad jag alltid sagt, Linnea. Min pappa är egoistisk. Allt ska vara på hans sätt."

Jag mindes vad pappa sagt om sin uppväxt. Vad de än skulle göra, så fick pappa aldrig försöka på egen hand. Farfar tyckte att det tog för lång tid och gjorde det istället själv för att få göra det på sitt eget sätt.

"Får jag prata med mamma?"

Jag behövde mamma. Hon var positiv och såg gott i alla, till och med farfar.

"Mamma, vad ska jag göra?!"

"Kanske var frågan du ställde för svår för Frans. Be honom berätta om vad han minns från skolan. Jag tror att det kommer gå bra Linnea. Det värsta som kan hända är att han förblir tyst och då har du i alla fall försökt."

Jag skickade meddelande till Samuel varje kväll och vi pratade i telefon då och då. Den här kvällen ringde han direkt efter att jag skickade meddelandet.

"Linnea, jag spelar en viktig match imorgon. Kan du inte komma hem och titta?"

Han var entusiastisk och jag hörde att han verkligen var laddad inför matchen. Jag hade sett så många matcher och jag älskade att se honom spela, men jag föredrog att han umgicks med mig istället för sina lagkamrater.

"Jag älskar att se dig spela, det vet du. Farfar tiger som muren, men jag måste ge honom en chans till. Jag kommer hem om några dagar, när du har skrivit kontrakt. Då ska vi fira!"

Jag skojade om kontraktet, men visste att mitt skämt mycket väl kunde bli verklighet.

Han skrattade.

"Jag älskar dig. Utan dig hade jag aldrig varit den jag är idag. Linnea, du gav mig mod att våga satsa på fotbollen."

Visst hade jag peppat Samuel att leva sin dröm, men levde jag verkligen min egen dröm? Terminen som elevassistent på skolan hade varit fantastisk, om jag fortsatte att arbeta i skolan, så skulle kanske inte livet med Samuel bli så ensamt. Men ville jag stå i skuggan av Samuels fotbollsträningar och matcher?

Kapitel 15

Kommande morgon satt farfar redan vid köksbordet när jag kom ut i köket. Sekundvisaren på väggklockan tickade som vanligt, men jag såg inte glädjeskutten längre. Det var som om den segade sig fram.

"Du ville ställa några frågor."

Farfar skruvade lite på sig där han satt på sin köksstol. Han hade sagt fyra ord. Jag kände mig frustrerad och hoppfull på en och samma gång.

"Jag kunde inte lära mig läsa. Du kanske vet vad dyslexi är?"

Jag visste inte vad jag skulle säga. Han hade ju ingen aning om att jag arbetat med en pojke i flera månader som hade svårt att både läsa och skriva.

"Jo, jag känner till det. Fick du någon hjälp från din lärare?"

"Vi var en liten klass och en väldigt liten skola. Jag kan visa dig byggnaden imorgon om du vill. Läraren lyckades inte lära mig läsa på flera år. Det var som om bokstäverna rörde sig på papperet. Jag kände mig som en idiot. Alla andra bläddrade och bläddrade i böcker. Läste sida upp och sida ner och skrattade åt roliga saker de läste."

Han tittade ner på sina händer.

"Jag jobbar med en pojke som har svårt att lära sig läsa och skriva. Jag är hans elevassistent. Eller jag var det under vårterminen. Nu vet jag inte riktigt vad som händer till hösten. Vi får se om rektorn kan ge mig ett nytt vikariat."

"Jag hade behövt en elevassistent."

"Vänta lite", sa jag.

Jag hoppades att han ville berätta mer och skyndade mig att hämta mitt block och min mobiltelefon. När jag kom tillbaka till köksbordet hade jag redan satt igång inspelningen.

"Hur mår du?"

Farfar tittade mig i ögonen och lutade sig bakåt, som om han tyckte att det var min tur att prata.

"Oj, var ska jag börja. Innan jag kom hit opererade jag bort en cysta och fick veta att jag har en sjukdom som heter endometrios. Den sjukdomen kan göra att jag blir ofrivilligt barnlös. Jag lever tillsammans med Samuel och jag vet inte om jag vill det."

Det var min tur att titta ner på mina händer som höll om blocke. Jag ville byta samtalsämne och glömde bort intervjun för en stund.

"Pappa tycker att du är envis. För pappa har din envishet alltid varit negativ. Han säger att det alltid skulle vara på ditt sätt och att han aldrig fick möjlighet att prova själv."

"Anders har nog rätt, men han är också ganska envis."

Jag skrattade och mindes alla gånger jag försökt hjälpa pappa att bygga ihop möbler vi köpt i olika möbelaffärer. Det hade alltid slutat med att jag gått därifrån eftersom pappa tyckt att jag var mer i vägen än till hjälp.

"Nog är jag envis alltid!"

Farfar väckte mig ur mina tankar.

"Utan din envishet hade du aldrig blivit tillsammans med farmor."

Jag vet inte vad jag fick det ifrån, men det kändes rätt att säga. Sedan tittade jag ner i blocket med frågor igen för att hitta fokus och fortsätta intervjun.

"Du tyckte inte att din lärare hjälpte dig, när det var svårt för dig att lära dig läsa?"

"Nej, jag tragglade nog mest själv. Hon tyckte bättre om de bildbara barnen. De som hade lätt att lära sig nya saker."

"Förekom det barnaga och skamvrå?"

"Min första lärare var sträng men snäll. Sedan fick vi en manlig lärare och han verkade tycka om att slå oss med pekpinnen över fingrarna. Det hände mig flera gånger i veckan. Det värsta jag visste var att ha högläsning i klassen. Jag kunde inte uttala orden och då slog han mig över fingrarna."

Det knöt sig i magen när farfar berättade. Hur kunde en lärare bete sig så?

"Hade ni några läxor?"

"Nog hade vi läxor alltid, men hemma skulle det bäras ved och djuren skulle skötas om. Det fanns ingen tid för mig att läsa läxor. Jag skämdes över att inte göra dem och ibland blev jag straffad för att jag inte hade övat. Läraren ville nog helst att jag skulle stanna hemma, så att han slapp undervisa en obildbar."

Jag hade fått svar på mina frågor och jag önskade att jag kunde göra något för få farfar att må bättre och inte tänka på hur han blev behandlad under skoltiden.

"Jag ville prata med dig om farmor när du ringde mig och berättade att jag fick komma och hälsa på. Jag låg på sjukhuset när du ringde och tänkte mycket på henne."

"Det var tack vare fotografiet där i hallen, som jag ändrade mig och lät dig komma hit. Igår när du berättade för Erik om hur du mår, så skämdes jag. För mig känns det onödigt att tala om det förflutna. Jag vill ta med mig allt i graven, men jag förstår nu att det kanske inte är det bästa. Inte ens för mig."

När jag renskrev intervju på datorn den kvällen, och lyssnade på mitt och farfars samtal, så plingade det i mobilen gång på gång.

"Kom hem snart!" skrev Samuel.

"Har du det bra?" undrade mamma.

"Kommer du på Livias tvåårskalas?" frågade Fanny.

Jag bara log och kände mig glad över att mamma uppmanat mig att försöka prata med farfar igen, så att jag gett honom en chans till. Jag var också tacksam över att farmor fortfarande hade positiv inverkan på farfar.

Kapitel 16

Kommande dag blev jag återigen överraskad av farfar. Jag hade precis skickat in min inlämningsuppgift till min kursledare och kände mig glad över att vara igång med utbildningen på riktigt.

"Tack för igår", sa jag när jag kom in i köket.

Farfar reste sig och satte på radion.

"Idag är det lördag och varje lördag löser jag Melodikrysset", sa han och gav mig en tidning med ett korsord och en penna.

"Oj, är inte det här svårt?" undrade jag.

Den manliga radiorösten gick igenom förra lördagens melodikryss och jag kände inte igen hälften av låtarna.

"Jag brukar klara det utan att fuska", sa farfar stolt.

När alla sånger var spelade fanns det inte en enda tom ruta i krysset.

"Oj, kan du så mycket om musik!" sa jag.

Det var imponerande att se och skönt att veta att det fanns något som intresserade honom förutom att gå på promenader. Det måste ha varit ett långsamt liv för honom de år han levt ensam.

Kapitel 17

Vi gick på en promenad till den gamla nedlagda skolan, där farfar haft alla dessa hemska upplevelser. Där började han berätta om glada minnen från skolan. En rast fick han vara med och spela kula och han vann en vit och blå marmorerad puttekula, som han sparade högt upp i vuxen ålder. Jag såg honom le för första gången.

Helt utan förvarning förvreds hans ansikte och hans kropp stelnade till. Han tog sig för hjärtat. Jag hjälpte honom att sätta sig ner på en bänk.

"Farfar! Hur är det farfar?"

"Jag har högt blodtryck. Hjärtat gör såhär ibland."

Han ville gå tillbaka hem, men benen bar honom inte. Jag tog fram mobilen och frågade om jag skulle ringa ambulans. Han skakade på huvudet.

"Då ringer jag Erik", sa jag.

Han sa hemnumret till grannen som snart hämtade oss vid den gamla skolan. När vi kom tillbaka till huset frågade även Erik om vi skulle ringa ambulans.

"Nej, nej, hjälp mig till sängen. Jag har mina mediciner på sängbordet."

Farfar höll sin arm om Eriks hals och trots att han hade ont i hjärtat när Erik la honom i sängen, så log han och tackade.

Han låg till sängs resten av dagen och jag tittade till honom då och då. Han fick smörgås och kaffe på sängen.

"Linnea. Jag äter sällan smörgås", sa han.

Hans röst var svag, men jag såg återigen ett leende på hans läppar.

"Vad äter du då?"

"Jag äter kanelbullar. Kan du hämta en av Ruths kanelbullar? De var så goda. Nästa lika goda som Edits."

Jag log när jag gick ut i köket för att hämta bullarna. Hade farfar ätit smörgås till frukost flera dagar i rad för första gången sedan 2002? Vilken ära att få honom att börja äta lite nyttigare.

Kapitel 18

När farfar inte kunde gå ur sängen nästa dag, så frågade jag honom om vi kunde titta på gamla fotografier. Han bad mig gå till vardagsrummet och hämta en av lådorna i bokhyllan. Den var tung och full med fotografier och brev. "Åh, det här kommer jag ihåg. Vi träffade ofta dig och farmor vid Sundseruds badplats. Farmors röda hår är så vackert på det här fotot."

Jag visade farfar fotografiet av farmor på stranden, sittandes på en filt med mig och Sofia tätt intill sig på var sin sida. Han fick tårar i ögonen när han såg fotografiet men sa inget.

Farfar somnade och jag undrade återigen om jag inte skulle ringa ambulans. Jag ringde och rådfrågade mamma och pappa. De tyckte att jag skulle avvakta. Det fanns en risk att vi skulle bli hemskickade igen, menade de. Jag var tveksam. För att skingra oron började jag läsa brev och vykort från lådan. Många var skickade från vår familj, när vi var på skidresor i svenska fjällen eller bodde på hotell i Europa. Jag och Sofia skrev alltid våra namn själva i slutet av texten. Mamma författade vykorten och vi var med och berätta vad vi ville att hon skulle skriva.

Jag hittade brev från farmors väninna i Jönköping. Vad jag hade velat läsa hennes svar, läsa farmors brev till väninnan. Kanske levde hon fortfarande och hade breven kvar?

Farfar vaknade till. Jag gav honom lite vatten och frågade om jag skulle ringa ambulans. Han skakade på huvudet tittade på mig en stund, där jag satt och läste i det svaga ljuset från bordslampan i sovrumsfönstret. Snart somnade han igen.

Mina ögonlock började bli tunga. *Jag läser ett sista brev*, tänkte jag.

Kapitel 19

Min Frans!   **Skållerud, 5 augusti 1962**

Jag blev så rädd igår på festen. Jag var helt säker på att du skulle skälla ut Erik och ställa till med bråk. När du öppnade dörren till bastun och bara jag och Erik satt där inne var det som om hjärtat stannade på mig.

Jag visste att agerandet var ett vägskäl för mig: stanna kvar eller lämna dig för gott.

Du verkade så onykter att jag inte riktigt visste om du såg mig och Erik. Du kommer aldrig läsa det här brevet, men jag skriver det för att jag behöver och måste.

Erik sa att du är en sådan som går från kvinna till kvinna. Det var uppenbart att han inte visste att jag flyttat in till dig på gården. Jag sa ingenting om det. Lät honom prata på. Han var tydlig med att du inte är pålitlig och därmed ingen bra man för mig.

När dörren rycktes upp och jag såg ditt vackra ansikte insåg jag hur mycket du druckit. Jag såg för min inre syn hur din svartsjuka skulle ta över ditt väsen. Hur du skulle slå Erik blodig och lämna mig gråtandes med hans huvud i min famn. Jag såg slutet för oss Frans.

För beröva filmen dess olyckligt slut när jag svepte handduken omkring mig och tog jag din hand. Jag förde dig bort från Erik, bort från festen och alkoholen. Vi satte oss bland björkar i slänten mot sjön. Plötsligt var det som om du blivit nykter.

Jag höll fortfarande din hand och bestämde mig för att aldrig släppa den. Du sa så mycket fint igår kväll. Det jag minns allra bäst och som jag kommer bära med mig för resten av mitt liv är dessa ord:

"Edit! Jag har bestämt mig. Jag väljer dig. Erik är inget hot. Jag vet att om jag kan vara en bra man för dig så kommer jag överraska alla, inte minst mig själv. Jag lovar att vara en bra man för dig."
Jag bär med mig dessa ord för alltid.
Din Edit

På samma brev hade farmor skrivit ytterligare några ord bara några månader innan hon dog.

12 november 2001

Din envishet har alltid varit din styrka Frans. Det du lovade mig den kvällen 1962 är något du alltid levt upp till under alla dessa år.
Jag älskar dig!
Din Edit

Kapitel 20

Det var tidigt på morgonen och farfar låg fortfarande och sov. Jag åt frukost och tinade bullar från bullpåsen vi fått av Ruth. När jag kom in i sovrummet hade han satt sig upp i sängen för första gången sedan han föll ihop vid sin gamla skola.

Jag ställde brickan med kanelbullar och kaffe i farfars knä och frågade om jag fick läsa upp brevet från farmor. Han nickade och åt bullarna med aptit, men när jag började läsa så slutade han äta.

"Har du aldrig läst det här brevet?"

Jag visste svaret men ville ändå fråga. Han skakade på huvudet och torkade tårarna med täcket.

"Får jag krama dig?"

Han nickade. Jag ställde brickan på bordet och vi kramades länge.

"Jag kan se henne framför mig", viskade han.

"Jag ser henne sitta där i bastun med Erik, vår granne. Jag ser henne ta min hand och leda mig bort från alkoholen in i naturen. Hon var så vacker. Ni är väldigt lika, men ditt hår är mörkt och hennes hår var rött. Ögonen är desamma och ansiktsformen likaså."

Jag satt fortfarande på sängkanten och gav honom kaffekoppen.

"Är du rädd för att dö farfar?"

Han tog en klunk kaffe och räckte mig koppen.

"Sista året när Edit var som sjukast, så sa hon ofta: *Är du rädd för att komma hem?* Hon menade att dö var som att komma hem. Jag tror att det är tack vare Edits ord som jag slutade frukta döden."

Han tog min hand och höll om den en stund sedan slumrade han till, men vaknade snart igen.

"Hur träffades ni?"

Farfar log.

"När jag gick sista året i folkskolan, så började Edit i min klass. Hon var den första rödhåriga flicka jag sett och vi var flera pojkar i klassen som blev förtjusta i henne, men det var först 1962, när vi var arton år, som vi blev ett par på allvar. Det är det bästa jag gjort i hela mitt liv. Linnea, jag hoppas att Samuel är för dig vad Edit var för mig. En trygghet och en livskamrat, som finns där oavsett vad som händer i livet."

Kapitel 21

Frans visste inte längre vad som var dröm och verklighet. Han vaknade en kort stund och sedan sov han i flera timmar. Drömmarna var intensiva och förlåtande. Edit och Erik satt nakna i bastun i en av drömmarna. I en annan dröm höll han i ringen som han aldrig överlämnade. Det var innan tiden med Edit.

Plötsligt hörde han Linneas röst, men när han tittade upp såg han Edit. Han blinkade och blinkade.

"Farfar, ska jag ringa ambulans?"

Han skakade på huvudet. Det var Linnea för en kort stund sedan blev hon Edit igen. Han somnade och drömde om brevet. Han stod och tittade på Edit när hon satt och skrev de sista raderna. Det röda håret hade blandats med gråa strån. Hon hade en ljudblå morgonrock på sig och märkte inte att han betraktade henne.

Han vaknade av att Linnea baddade hans panna för att sedan somna igen och drömma om barndomen. Han bar vedträ till pannan i källaren, snubblade i tappen och hittade en hemlig gång. Drömmen var surealistisk. Han ålade sig igenom den trånga passagen och kom till en värld där alla sakande kläder och inte verkade bry sig om det. Det var genant för en liten pojke, men också väldigt intressant.

Kapitel 22

Solens strålar träffade Frans i ansiktet. Linnea hade glömt att dra för gardinerna. Det hade börjat rossla i bröstet och han försökte undvika att hosta för att inte oroa henne.

En av alla drömmar dröjde sig kvar och han bestämde sig för att ge ringen till Linnea, men så i nästa sekund tvekade han. *Ska jag inte bara ta med mig detta i graven?*

När hostan tilltog var det som om hans tankar tog en ny vändning. Kanske var det återigen Edits ord som smög sig in i hans medvetande.

Skulle det inte vara en lättnad att få berätta? Var det inte en mening med att Linnea var på besök just nu när han blev sjuk?

Han somnade igen, men vaknade om och om igen på grund av hostan.

Kapitel 23

Den kvällen började farfar hosta och under natten blev hostan värre och värre. Jag baddade hans panna och packade en väska att ta med till sjukhuset. Några minuter innan ambulanspersonalen knackade på dörren så bad farfar mig att öppna översta lådan i byrån i sovrummet. Han sa att jag skulle lyfta på linnedukarna och ta fram en liten ask som låg längst in i vänster hörn. Jag gav honom asken och då började han hosta igen.

"Den är till dig, men lova mig att inte öppna den förrän du bestämt dig för vem du vill leva tillsammans med. Jag tror att du snart kommer att flytta. Öppna inte asken förrän du flyttat. Lova!"

Jag nickade och så kom nästa hostattack, samtidigt som ambulanspersonalen knackade på dörren. De lyfte över farfar på båren. Jag såg hur han tittade på farmors fotografi när de passerade hallen på väg ut och undrade om det var sista gången han var i sitt hus. Kanske tänkte farfar samma sak eller så sa han bara hejdå till farmor.

Ambulansen körde lugnt och jag fick sitta vid farfars sida och hålla hans hand.

När vi kom till sjukhuset blev han noga undersökt och senare på kvällen berättade läkaren att han drabbats av en lunginflammation. Plötsligt förvandlades mysiga stunder vid sängkanten med fotografier och brev till en vaka vid hans dödsbädd.

Sjukhuspersonalen gav mig saft och smörgås. Jag bad dem om kanelbulle. Inte för att jag ville äta den, utan för att jag ville att farfar skulle få känna doften av den.

Samuel, mamma, pappa och Fanny stöttade mig med fina meddelanden.

En morgon öppnade farfar ögonen och började prata. Hans röst var skrovlig och det rosslade i bröstet när han talade. Jag ville be honom vara tyst, men samtidigt visste jag att det kanske var vårt sista samtal, så jag lät honom fortsätta tala.

"Det här skulle ha följt med mig i graven, men nu när jag ligger här med näsan i vädret är det inte alls svårt att berätta för dig, Linnea."

Han nästan väste fram orden, men jag hörde vartenda ett av dem.

"Du minns brevet som Edit skrev 1962."

Jag nickade.

Farfar svalde hårt, hostade och fuktade läpparna för att kunna fortsätta tala.

"Jag är så glad att du hittade brevet. Det var så fint att minnas tillbaka. Jag var . . ."

Han började hosta igen och fick inte luft. Jag ville trycka på larmknappen, men han hindrade mig. Han pekade på vattenglaset och hans ansikte blev rödare och rödare. Till slut kunde han få luft igen och drack lite vatten från sugröret i glaset jag höll fram.

"Jag var så otroligt förälskad i Erik. På den tiden hade han brunt tjockt hår och bar ofta cowboyhatt. Han var så stilig att det gjorde ont när jag såg honom. Kärleken var inte besvarad och när jag såg Erik och Edit tillsammans i bastun den där sommarkvällen, så förstod jag att hon var den som kunde läka mitt brustna hjärta."

Jag visste inte vad jag skulle säga. Det var så oväntat och så fint. Farfar som inte sagt ett ord för några veckor sedan, hade nu berättat sin största hemlighet.

Jag nickade igen och var rädd att han inte skulle få fortsätta prata för att en ny hostattack skulle få honom att sluta andas. Vi log och jag tog hans hand.

"När jag fick hålla om Erik när han hjälpte mig in från bilen till huset, så var det som om jag var arton år igen. Jag blundade och såg honom precis som då. Hans starka armar om min smala kropp. Tack Linnea!"

Hostan tilltog igen och jag var tvungen att släppa hans hand. Hans kropp blev stel och armarna krampade, men på något sätt lyckades han ändå få mig att förstå att han inte ville att jag skulle tillkalla personalen. Han svalde och svalde, när hostan stillats. Till slut sa han sina sista ord.

"Jag vill att du ska bejaka kärleken i livet, mitt barnbarn. Låt ingen styra dina känslor. Ge dig hän och älska den du älskar. Låt ingen hindra dig från att älska."

Han andades ut och hans rynkor i ansiktet slätades ut. Hans huvud vilade mjukt mot kudden. Jag visste att han var död, men jag ville ändå säga några sista ord. Kanske hörde han mig ändå?

"Farfar, jag älskar Samuel. Jag har tvivlat på oss. Sommaren med dig har fått mig att sluta oroa mig. Jag har inte träffat Samuel på tolv dagar. Det är som om en del av mig fattas. Tack för att du fick mig att förstå att jag är på rätt väg farfar."

Kapitel 24

Mamma och pappa hämtade mig. De ville komma till sjukhuset tidigare för att hålla mig och farfar sällskap, vara med och vaka, men jag bad att få vara ensam med farfar.

När vi närmade oss Skållerud stoppade jag ner handen i min väska och kände efter om asken låg kvar. Ögonen tårades när vi närmade oss farmors och farfars hus. Jag såg hur Erik klippte farfars gräsmatta. Han måste ha arbetat hela dagen för gräset nådde mig långt över knäna. Pappa hann inte stanna bilen helt förrän jag öppnade bakdörren och sprang till Erik. Han tog av sig hörselskydden och gav mig en kram.

"Han skulle varit tacksam för att du klipper gräset", sa jag.

"Beklagar sorgen", sa Erik och gav mig en kram till.

Han hade svettpärlor i pannan och ögonen var vattniga av tårar.

Mamma och pappa följde med in i huset för att hämta mina saker i gästrummet. Jag packade min resväska och innan vi låste huset tog jag med mig farmors fotografi.

"Jag måste bara gå till kyrkan en sista gång innan jag åker hem till Göteborg", sa jag.

Mamma och pappa kramade mig hejdå och sa att jag kunde ringa dem när jag ville.

När jag var framme vid den gamla kyrkan lutade jag huvudet mot dess röda trävägg och såg ut över vattnet.

Ska vi gifta oss någon gång, så ska vi gifta oss här, tänkte jag och log.

EPILOG
År 2059

Sekundvisaren glider fortfarande fram, ritar cirkel efter cirkel. Nu spelar det ingen roll längre. Boken är klar, som en stor seger. Det gör inte längre något att Sjöstugans klocka inte har en sekundvisare som klickar sig fram såsom farfars klocka för femtionio år sedan. Hans sekundvisare gjorde små glädjehopp, medan den här sekundvisaren glider fram, som om livet vore enkelt och okomplicerat.

Det är inte förrän nu, när jag sitter här med facit i hand, min livsberättelse, som jag inser att jag inte hade behövt oroa mig. Allt skulle ordna sig, precis som Samuel och Fanny sa.

Den sommaren när farfar tog sitt sista andetag, stannade jag till vid Skålleruds kyrka innan jag reste hem till Göteborg. Jag bestämde mig för att satsa på Samuel, ett liv med honom. Några minuter senare ringde han.

Jag hörde på hans röst att han hade något att berätta. Han talade snabbare än vanligt och energin i rösten var härlig. Trots det lät han mig få berätta om farfar och om vårt sista samtal.

"Så fint att ni fick dela den stunden", sa Samuel.

Jag minns att jag undrade om han verkligen var tjugofyra år. Kan unga människor födas med kloka själar?

"Har du det bra?" frågade jag.

"Det här känns jobbigt att säga när du är ledsen älskling, men jag har nog aldrig varit lyckligare."

Han hade fått erbjudande om ett proffskontrakt för ett engelskt lag i Premier League.

Vi flyttade till en lägenhet i England hösten 2020, betald av klubben.

Jag avslutade min elevassistentutbildning och fick arbeta som elevassistent i en skola med promenadavstånd från vårt bostadsområde. Jag var så otroligt nervöst när jag skulle möta mina kollegor för första gången. Jag talade svengelska snarare än engelska. Tänk om de skulle gå till rektorn och säga att han begått ett stort misstag som anlitat den svenska tjejen, som inte kunde flytande engelska. Det gjorde de inte. Jag oroade mig i onödan även då.

Vi gifte oss aldrig i Skålleruds kyrka, men vi har besökt Håverud och Skållerud varje gång vi varit i Sverige på semester. Jag som trodde att det bara skulle bli jag och Samuel i vår familj. Jag hade verkligen inte behövt oroa mig. Jag var en av de kvinnor med endometrios som kunde bli gravid trots sjukdomen.

Samma år som Samuels lag vann Europacupen föddes Melissa. Jag var så glad när Samuel ringde och sa att han precis landat på flygplatsen.

"Hurry!" sa jag.

Han hann fram. Melissa väntade på att han skulle komma, så att vi kunde vara tillsammans när hon föddes.

Några år senare föddes Milo och det året bestämde sig Samuel för att lägga fotbollsskorna på hyllan. Han blev kvar i sitt älskade lag under hela sin karriär. Tack vare hans framgångar inom fotbollen hade vi en god ekonomi. Han behövde inte arbeta mer, men bestämde sig ändå för att arbeta som vaktmästare på min skola. På kvällar och helger tränade han Melissas fotbollslag. När Milo blev äldre tröttnade Melissa på fotboll och Samuel började istället träna Milos fotbollslag.

Visst blev mitt liv fyllt av fotboll. Jag oroade mig mycket för hur ett liv med ett fotbollsproffs skulle bli under den där sommaren med farfar. Jag hade inte behövt känna mig tveksam, för även om våra barn inte fått växa upp i Håverud och ha sin farmor och farfar i grannbyn, så har de ändå fått en fin uppväxt.

När de minns tillbaka på sin barndom pratar de om varma somrar, jordgubbar, glass, fotbollsmatch på gräsmattan och på arenan. De har växt upp med trygga föräldrar.

Sekundvisaren glider fram, men jag känner mig inte stressad. Jag är klar nu. Tiden springer inte ifrån mig längre. Fanny, Livia, Melissa och Milo är på väg hit. Samuel och Marcus är på en golfbana utanför Åmål och går en runda. Solbrända män i sina bästa år. Det är fantastiskt att de kan spela en golfrunda. De är ju båda över sjuttio. Mitt gudbarn är sextiotvå år, Melissa är femtiotre år och minstingen Milo blir snart fyrtionio. Sekundvisaren glider fram och livet är enkelt och okomplicerat.

På köksbordet intill datorn ligger asken med ringen jag fick av farfar sommaren 2020.

"Öppna den här när du flyttar ihop med den du älskar Linnea!" hade farfar sagt.

Jag minns så väl där bland flyttlådorna i lägenheten i England. Jag hade väntat så länge på att få veta vad som fanns i asken. När jag öppnade den hittade jag en slät silverring. Ringen hade gravyren *Frans + Erik*. De första åren i England hade jag det stora fotografiet av farmor från farfars hall på mitt sängbord. Jag satte mig på sängkanten och tittade på farmor som log mot mig och insåg att hon visste, alltid hade vetat, att farfar älskade både kvinnor och män.